재능이란 뭘까?

앎간

재능이란 뭘까?

유진목 산문

쓰기—죽기

ㄴㄴ〉〈ㄷㄴ

차례

작가의 말

세상에 없는 것이 있다면 그것은 대답이다. 나의
세상에는 대답이 없다. 질문만 있다. 나는 질문하
고 답을 찾아보려고 이리저리 휩쓸리며 살아보았
다. 처음에는 답을 찾을 수 있을 줄 알았다. 답을
찾은 결과를 삶이라 여겼다. 하지만 대답은 좀처
럼 이어지지 않고 나는 계속해서 궁금한 것이 생
겨났다. 한번 대답한 것도 그다음에 보면 변해 있
기 일쑤였다. 그러면 나는 다시 또 똑같은 질문을
나에게 했다. 마치 신에게 기도하듯 나는 질문한
다. 그리고 나는 대답하려 애쓴다. 나는 나를 신처
럼 여기는 게 분명하다.

나의 신은 나다. 나는 질문하고 대답한다. 대답은 세상에 없다. 나는 세상에 없는 것을 모두에게 들려주려 한다.

이 책은 매일 새롭게 시작되는 이야기다. 새롭게 시작되고 그날로 끝이 난다. 나는 막간을 두고 매일 쓰기를 이어갈 것이다. 네 번의 막간으로 다섯 권의 책이 완성된다. 그 시작하는 1막을 나는 매일 썼다. 나를 죽이기 전에 망설였던 것처럼 쓰기 전에는 늘 머뭇거리며 기다렸다. 죽을 수 있을까 묻는 것은 쓸 수 있을까 묻는 것과 다르지 않았다.

이제 나는 막간에 든다. 다음 막이 열릴 때 우리는 하나의 이야기 속에 다시 갇히게 될 것이다. 나는 당신을 나에게 가두려고 이 책들을 쓴다.

프롤로그

쓸 수 있을까?

재능이란 뭘까?

글쎄.

각자 좋아하는 것을 생각하도록 하자.

나는 여행을 좋아한다. 출발하는 공항에서 짐
을 부치고 보안 게이트를 통과하면 그렇게 기분
이 좋다. 다리가 높은 의자에 앉아 커피를 한잔
마시고 흡연구역에 가 담배를 두어 대 피우고 게
이트에 앉아 수첩에 글을 쓴다. 비행기에서는 화
장실에 가거나 일어나 서성이기 좋도록 통로 쪽

12

좌석에 앉는다. 서비스되는 영화 목록을 살피고 책을 펼쳐 몇 장 읽는다. 언젠가 다시 이렇게 좁은 좌석에 앉아 내가 떠난 곳으로 돌아올 것이라 생각하며 출발하는 매 순간을 아쉬워한다. 발치에 놓은 작은 가방에는 여권과 노트와 여분의 책과 에어팟과 라벤더 오일이 담긴 인혜일러, 바질 향이 나는 핸드크림, 휴대용 칫솔이 들어 있다. 좌석에 놓여 있던 슬리퍼를 신고서 발로 가방을 툭 툭 건드려본다. 벌써 고개를 기울이고 잠든 사람들이 있다. 비행기의 안전벨트 표시등이 꺼진다. 사람들이 기다렸다는 듯 벨트를 풀고 일어난다.

여행은 그렇게 시작한다. 비행 시간은 좀처럼 줄어들 기미가 보이지 않다가 갑자기 끝난다. 늘 그런 식이다. 이제 나는 한가로운 도로를 달리고 있다. 사탕수수밭을 지나자 초원이 펼쳐진다. 차창을 끝까지 내리고 팔을 걸친 채 담배를 피우고 있다. 지평선에 일렁이는 것은 소의 무리다. 말을 탄 청년이 소를 모는 중이다. 나는 선글라스를 머리에 얹으며 눈을 가늘게 뜬다. 흩어진 실루엣이 잠시 선명하게 모여들었다. 나는 그렇다고 쓴다. 내가 본 것을 쓴다. 이야기는 있기도 하고 없기도 하다. 서사가 없는 삶을 사는 것도 내 몫의 생활이다.

나는 글을 쓰기 위해서 내 모든 힘을 다해 여행을 간다. 글쓰기는 그때 덤으로 생기는 것이다. 가만히 있으면서 살 수 없기 때문에 몸을 움직여 여행하고 그사이 재빨리 글을 쓴다.

다음으로 좋아하는 것은 가만히 있는 것이다. 가만히 있으면 좋다. 밥은 한끼를 겨우 먹을까 한다. 담배는 자주 피운다. 건강한 생활과는 거리가 멀다. 한번은 병원에 가 이것저것 검사하니 단백질이 부족하다고 하여 매일 두유를 마시고 영양제를 챙겨 먹고 있다. 아침에 양치를 했던가 곰곰이 생각하다 그냥 다시 한다. 하루에 두세 사람과 구글 미트로 만나 사십 분씩 에세이 쓰기에 대해 이야기한다. 그러면 완전히 지쳐버린다. 눕는다. 보험금이 빠져나갔다고 알림이 온다. 기분이 별로다. 월세 일이라고 문자메시지가 온다. 통장 잔

고를 본다. 대출금을 낸다. 한숨을 쉰다. 공과금
을 낸다. 원고료가 언제 들어오는지 확인한다. 며
칠이 남았는지 세어본다. 더이상 참을 수 없어 냉
장고를 열어본다. 닫는다. 설거지를 하려다가 밤
에 하기로 한다. 다시 눕는다. 목이 뻐근해지면
일어나 요가 매트로 간다. 등을 쭉 펴고 스파인냅
에 누워 스트레칭을 한다. 레그 레이즈를 하며 너
무 싫다고 생각한다. 그래서 조금만 한다.

나는 하루종일 집에 있다. 오늘도 아무것도
하지 않았다고 생각한다. 내일도 아무것도 하지
않을 수 있는지 스케줄러를 펼쳐본다. 좋다. 아무
것도 하지 않아도 되는 날들이 많이 있다. 영화를
한 편 보다 잠이 든다. 새벽에 깨어나 멍하니 담
배를 피운다. 다시 잔다.

"사람은 고통스러울 때
자신이 정말로 누구인지 알게 돼요."

一미이케 다케시, 〈오디션〉, 1999.

한때 내 전부였던 것들을 잊으려고 이 글을 쓰
는 중이다. 잊고 난 후에 무엇이 찾아올지 알고
싶어서 쓰고 있다. 아무것도 없는 시간을 온통 글
을 쓰는 데 쓰다가 느닷없이 나타나는 무엇과 맞
닥뜨리고 싶다. 이 글은 바로 그때 끝날 것이다.
나는 내심 그때를 기대한다. 더이상 쓰지 않아도
되는 알맞은 때를 기다린다.

언젠가 나는 무엇이든 할 수 있다고 여겼다.
소설 한 편을 읽으면 나도 소설을 쓸 수 있겠다
는 식이었다. 다큐멘터리를 보면 한 손에 쏙 들어
오는 비디오 카메라를 갖고 싶었다. 나는 몇 번인
가 카메라를 삼각대에 세워두고 셀프 비디오를
찍어 편집하고 사람들에게 내보였다. 그러자 내
가 아닌 것을 찍고 싶었다. 초원에서 사자의 무리
를 기다리려면 내가 무엇을 갖춰야 하는지를 생
각했다. 초원에 낮게 몸을 엎드리고 나를 한순간
에 덮칠 수도 있는 동물들을 기다리는 직업을 갖
지 못한 나에게 실망했다. 존 크라카우어의 책을
읽을 때는 산에서 기꺼이 죽을 수도 있다고 확신

했다. 그러나 산을 좋아하면서도 더 멀리 있는 높은 산에 오르기 위해 몸을 움직여 떠나지 않았다. 비디오 카메라를 갖는다고 해서 끊임없이 무언가를 찍지 않는다는 것도 알았다. 소설을 쓰기엔 시야가 좁고 편협했다. 서른 중반이 되면서 할 수 없는 것을 더 많이 가늠했다. 그러고도 십 년에 가까운 시간이 흘렀다.

나는 조용한 카페의 창가 테이블에 앉아 포크로 잘라낸 스콘 한 조각을 입으로 가져가다가 감각이 이동하는 것을 알아차렸다. 내면의 감각은 외면의 감각에 자주 쉽게 지워진다. 내면의 감각은 사건을 감지하는 촉각이다. 무엇인가 변해버렸다. 무엇이? 이제부터 내면은 그것을 추적해야 한다. 하지만 외면의 지각변동이 없는 사건을 추적하는 것은 쉽지 않다. 어렵다. 어려운 일에 사람은 쉽사리 뛰어들지 않는다. 감각이 이동하는 순간 머뭇대는 자신을 발견한다. 모른 척할까?

나는 자주 그러겠다고 대답했다. 내면의 감각을 좇을 삶의 여건이 안 된다고 생각했다. 여유롭게 앉아서 보이지 않는 것의 변화를 헤아릴 만큼의 돈이 내 통장엔 없었다. 돈을 벌어 다음 달 월세를 내야 한다. 내 수입의 가장 많은 비율을 가져가는 건 집주인이다. 집주인은 좋겠다. 다행히 나는 한 번도 월세를 내지 못한 적은 없었다. 그렇다면 다음 달에도 다음 달의 내가 월세를 벌어 내지 않을까? 돈 걱정을 하며 이번 달을 온통 보내느니 작은 틈을 벌려 다른 일을 조금 해도 괜찮지 않을까? 아니면 계속 모른 척할까?

나는 스콘을 썹으며 이번엔 아니라고 대답했다. 나는 마음만 먹으면 당장 쓸 수 있었다. 나에게는 종이와 펜이, 내면에 가득 들어찬 무형의 일을 번역할 수 있는 문장이 있었다. 종이에 쓰여진 문장은 그렇게 전에 없던 것을 눈앞에 드러낸다. 그렇다. 내면의 일을 외면화하는 일은 그 자체로 허구다. 내면의 일은 나만 안다. 나만 볼 수 있다. 표정조차 없는 감정은 나만 감지할 수 있다. 보이는 것이 전부가 아니라는 익히 들어온 전언에는 진실이 있다. 내면의 일을 전부 끌어안고 우리는 세계와 관계를 맺는다. 웃는 얼굴 이면에 우는 마음으로 사는 사람들이 그것을 발화해야 하는 이유다. 겉으로는 웃고 있지만 사실은 울고 있다는 것. 외면화되지 않은 그 허구를 실제로 믿게 하는 것은 전적으로 나에게 달렸다. 나는 무엇이 변했는지 추적할 것이다.

　　상담 선생님은 내가 죽고 싶다고 말하면 잠시 화제를 돌렸다가 다시 돌아온다. 그런데 아까 그 얘기는 아주 어려운 문제네요. 자주 그래요? 나는 자주 그렇다고 대답한다. 죽을 수 있다면 죽고 싶어요. 상담실은 고요하다. 폭우가 쏟아지던 날에는 상담실 한켠의 소파 위로 빗물이 툭 툭 떨어지고 있었다. 적산가옥을 고친 건물이라 비가 샌다고 했다. 소리가 신경쓰이냐고 물었고 나는 괜찮다고 대답했다. 죽고 싶다고 생각하며 사는 사람은 많지 않아요. 나는 다른 사람이 어떤지는 당장 관심 없었다. 내가 죽고 싶은 게 중요했다.

나는 목을 매고 싶지도 않고 칼로 손목을 긋고
싶지도 않다. 수면제를 많이 먹으면 죽을 줄 알았
는데 그렇지 않았다. 깨어났다. 실망감이 대단했
다. 약을 모으는 데 오래 걸렸고 먹기로 결정했을
때 혼자서 많은 것을 질문하고 대답한 뒤였기 때
문이다. 나는 그만 살 것을 결정했었다. 그런데
내가 실행한 방법은 며칠 잠만 자는 게 전부였다.

그날 패브릭 소파 위로 떨어지던 빗물 소리가
좋았다. 푸른 소파에 짙은 파랑으로 번져가는 얼
룩이 있었다. 툭 툭. 투둑 툭 툭. 잠시 집중하면
그날의 소리가 다시 들린다.

내가 쓰는 글들이 더이상 궁금해지지 않은 것
은 언제부터인지 생각해보는 중이다. 나는 내가
쓰게 될 글들을 궁금해했다. 하지만 지금은 궁금
하지 않다. 쓸 것이 있다는 마음이 되면 쓸 뿐이
다. 지금처럼.

글을 쓰는 일은 시작과 끝이 있다. 모든 것을
계획하고 쓸 수도 있겠지만 자신이 무엇을 쓰고

자 하는지 쓰면서 알게 된다. 물론 매번 아는 것은 결코 아니다. 끝에 다다라서도 모를 수 있다. 그럴 때는 모르는 대로 멈추면 된다. 끝은 알아야 하는 때가 아니고 무엇인가 달라지는 순간이다.

죽고 싶은 마음이 언제 살고 싶은 마음으로 바뀔런지 알 수 없다. 사는 동안에 바뀌지 않을 수도 있을 것이다. 당장 죽고 싶기 때문에 내가 하고 싶은 일들은 대체로 죽기 전에 해보고 싶은 것들이다. 나는 여행을 떠나고 싶다. 물론 돈이 없기 때문에 못 간다. 그냥 죽어야 한다. 젠장.

당장 내가 할 수 있는 일은 글을 쓰는 것이지만 당장 내가 하고 싶은 일은 여행을 떠나는 것이다. 그런 다음 죽기.

일단 할 수 있는 일을 하고 있다. 오늘도 나는 썼다.

왜 우는 건지 모르겠다. 새벽에 깨어 종종 운^ㅂ
다. 울고 난 뒤에는 코가 꽉 막혀서 오른쪽으로
누웠다가 왼쪽으로 누웠다가 뒤척인다. 한번은
발톱을 깎던 게 생각나 울었던 것 같다. 내가 왜
울고 있지 하다가 S가 발톱을 깎고 면도를 하던
모습이 생각나 그래서인가 하고 말았다. 어떤 장
면은 사소해도 두고두고 기억이 난다.

너는 나중에 지금을 떠올리며 울게 될 것이다.

그때 나는 내게 일러두지 못했다. 몰랐기 때문
이다. 나중에 나는 그때를 떠올리며 울고 있다.

어떤 장면은 마음 깊은 곳에 잠겨 있다. 잠잠히 잊고 살다가도 몸이 이리저리 기울면 문득 떠오른다. 파문. 새까만 수면이 일렁인다.

한번은 참지 못하고 매번 황급히 떠나버렸다는 생각에 울었다. 처음에 엄마와 함께 살던 집을 떠났고 다음엔 남편과 살던 집을 떠났다. 참고 떠나지 않았다면 어떤 인생을 살았을까. 나는 아직 함께 살고 있을까. 내가 남는 사람이었다면 어땠을까. 살아보지 않은 삶은 영영 알 수 없게 되어버린다.

나는 살아보지 않은 삶을 알고 싶다. 그것도 다 내 삶이라고 생각하면서 상상하는 밤들이 계속된다. 그러는 사이에 시를 쓰고 산문을 쓴다. 시는 내가 밤에 깨어 있었다는 증거다. 산문은 그러고도 남는 밤들에 쓴다.

낮에는 밤 사이 수기로 쓴 글을 타이핑하고 고쳐 쓴다. 글을 쓰지 않은 밤에는 할일 없는 낮이 흘러간다. 쓸쓸함을 물리치려고 방안을 왔다갔다 걸으며 책을 읽는다. 책을 읽다가 아무렇게나 떠오른 것들을 메모한다. 내 몸은 내가 쓰는 글들의 통로다. 내가 읽고 보고 생각한 것들이 글이 되어 나온다.

글을 쓰지 않을 때는 언제 어떻게 죽을 수 있는지 따져본다. 별수 없다고 결론짓는다. 눈에 보이는 먼지를 대충 닦고 설거지를 한다. 컵 하나를 닦지 않고 남겨둔다. 더 많은 것을 버리고 싶어서 물건들을 들춰본다. 오십 리터 종량제 봉투가 금방 가득찬다. 손에 닿는 몇 개의 물건만 남을 때까지 틈날 때마다 버리고 비우기로 한다. 마침내 집 없이 떠돌며 살 수 있는지 생각한다. 아직 방법을 모르겠어서 집에 있다. 더 적은 돈으로 살 방법을 궁리한다. 돈이 너무 많이 필요하다. 내가 쓰는 글은 많은 돈을 벌지 못한다.

하고 싶은 말이 많지만 말하는 방법을 모른다. 지겹다는 말은 알고 있다. 지겨워. 힘들다는 말도 알고 있다. 힘들어. 몇 번이고 했던 말이라서 더는 말하기가 꺼려지는 말들이다. 점점 원하는 것이 사라진다. 누가 나를 오해해도 바로잡고 싶은 마음이 전혀 없다. 사랑에 대한 기대가 없다. 나는 사랑하는 방법을 모른다. 가끔씩 미친듯이 내가 있었던 곳에 다시 있고 싶다. 거기서 지겨워했던 것을 고스란히 겪고 싶다. 거기서 힘들었던 것마저 그리워하면서 그곳에 있고 싶다는 욕망이 치민다. 하지만 그곳에 가려면 돈이 있어야 한다. 나는 여기에 잠자코 있을 수밖에 없다. 매번 그렇다. 실은 왜 우는지 알면서 운다.

베갯잇을 벗기면 누런 눈물 자국이 배어 있다. 살면서 나는 여러 번 베개 솜을 바꾸었다.

대출금을 모두 갚아서 혼자 웃었다. 모처럼 기
분이 좋았다. 돈을 덜 벌어도 된다고 생각하자 내
내 지고 있던 돌덩이가 스르르 굴러떨어져 부서
졌다. 돌이 커서 부스스 먼지가 일었다. 눈앞이
자욱해 한바탕 기침을 했다. 나는 모처럼 높이 날
아볼 생각이었다. 돌이 부서졌으니 그만큼 가벼
울 터였다. 나는 하던 대로 한 발로 땅을 지치고
날아올랐다. 지붕에 내릴까 하다가 더 멀리 가보
기로 했다. 매달 대출금을 내지 않아도 되니 그에
쏟던 걱정도 필요하지 않았다. 나는 더 높이 날며
발 아래 작아지는 집들을 보았다. 가슴 깊이 바람
이 들어와 큰 숨을 내쉬었다.

나는 꿈에서 자주 하늘을 날아다닌다. 거기서 나는 날 수 있다. 매번 다른 상황 속에 놓여도 내가 날 수 있다는 것을 기억해내고 여전히 날 수 있는지 직접 해보곤 한다. 어느 날은 높이 날고 어느 날은 얼마 못 가 땅으로 내려온다.

　아침에 일어나니 갚아야 할 대출금이 그대로여서 적잖이 실망했다. 정말 홀가분했는데. 이쪽 삶에서는 꿈에서의 일이 통하지 않는다. 그 꿈에서 깨어난 날 아침에 나는 속상해서 한참을 누워 있었다. 어쩔 수 없지. 어쩔 수 없지. 체념하는 것이 살아가는 방식이 되어간다. 체념하고 그냥 사는 것이다.

　나의 일과는 나의 글을 쓰는 것과 글쓰기 수업으로 나뉘어져 있다. 매일 정해진 시간에 구글 미트를 켜고 일대일로 화상 수업을 진행한다. 시를 쓰거나 에세이를 쓰는 사람들이 나와 만나 이야기를 나누고 글을 쓴다. 내가 혼자서 글을 쓰며 생각한 것들을 사람들에게 들려준다. 그리고 몇 개의 따라야 할 규칙이 있는 쓰기 과제를 내어준다. 다음 차시가 되면 과제를 두고 피드백을 주고받는다.

우리는 무엇을 글에 쓰고 무엇을 글에 쓰지 않는지에 대해 이야기를 나눈다. 무엇을 쓰고 무엇을 쓰지 않을지 결정하는 것을 로버트 맥키는 재능이라 했다. 그렇다면 무엇을 하고 무엇을 하지 않을지 결정하는 것은 삶에 대한 재능이라 할 수 있겠다.

삶에 대한 재능은 없지만 글쓰기에 대한 재능은 가지고 있었다. 바로 그 재능을 가지려고 오랜 시간을 들여 공부하고 실습한 결과였다. 닥치는 대로 소극장에 올라오는 연극을 보았고 줄기차게 영상자료원에 가 무료로 상영하는 고전 영화들을 보았다. 영상자료원 도서관에 비치된 한국영화 시나리오들을 닥치는 대로 읽었다. 무용 공연장에 앉아서 내가 쓰는 글이 땅의 중력을 받으려면 어때야 하는지 고심했다. 엘지아트센터의 연간 공연 예매를 하고 나면 돈이 없어 냉장고를 빈 채로 두고 시리얼만 먹는 날들이 이어졌다. 그래도 나는 돈을 써서 그것들을 보았다. 남이 만들어 보여주는 좋은 결과물을 최대한 많이 보고 모조리 습득하고 싶었다. 그러고 집에 돌아와 누가 보든 말든 글을 썼다. 밤을 새우고 글을 저장하고 아침 담배를 피우고 잠이 들었다. 그것이 나의 매일이었다. 당장 보는 사람이 없는 건 아무렇지 않았다. 매순간 무엇을 쓰고 무엇을 쓰지 않을지 선택해야 했고 그렇게 남겨진 결과물들이 내가 실천한 재능이었다. 그것이 있으므로 충분했다. 언젠가 누구라도 읽을 것이라는 믿음이 자연히 생겨났다. 그러나 그때가 언제이고 그 누구가 얼만큼인지는 알 수 없다. 그 이후는 내 몫이 아니기 때문이다.

월세, 공과금, 대출금, 생활비를 벌어야 하는데 내 몫이 얼마인지도 모르는 글을 쓰고 있다. 매번 이것까지만 쓰고 다른 일을 시작하자고 생각한다.

어제는 항공보안검색요원 일자리 공고가 나서

이력서를 넣고 잠이 들었다. 꿈에 나는 성실하게 일한 모양이다. 대출금을 다 갚고 하늘 높이 날았으니.

가꾸는 것보다 망치는 것이 쉽다. 망치는 것은 한순간에 해버릴 수 있다. 책을 읽는 것보다 책을 읽지 않는 것이 쉽다. 쓰는 것보다 쓰지 않는 것이 쉽다. 돈은 그 반대다. 물건도 그렇다. 사지 않는 것보다 사는 것이 차라리 쉽다. 어렵게 살기 싫지만 어려워야 하는 이유다. 어려워야 한다.

    글을 쓰는 데는 시간이 필요하다. 돈을 쓰는 데는 많은 시간이 필요하지 않다. 빨리 쓸 수 있다. 그래서 돈은 사라지고 시간은 남는다. 사람은 남는 시간마저 쉽게 쓰려다 파국을 맞이한다.

글은 시간과 함께 천천히 흐른다. 그 시간을 보내는 것은 쉽지 않다. 쓰지 말까? 슬쩍 질문하는 내가 있다. 아무것도 쓰지 않고 가만히 누워 있으면 얼마나 좋아. 그러나 시간은 길고 지루하다. 길고 지루한 것에는 무조건 지고 만다. 그래서 결국 쓴다. 마치 무한히 흐를 것만 같은 시간한테 지지 않으려고 나는 글을 쓴다. 글을 쓰는 동안에는 시간을 잊는다. 나에게서 잊혀진 것이 나에게 할 수 있는 것은 없다.

오직 시간과 나만이 있을 때다. 시간은 나를 죽일 수도 있다. 시간은 천천히 흐르다가 천장이 되어서 나에게 죽으라고 한다. 죽어버려. 돌아누우면 시간은 어느새 벽으로 몸이 바뀌어 있다. 죽으면 다 끝나. 눈을 감으면 시간은 검게 변한다. 아무것도 너를 얽매지 않을 거야. 그처럼 황홀한 제안이 또 없다. 그래서 나는 시간이 무섭다. 시간을 잊으려고 글을 쓴다.

모든 시간에 글을 쓸 수는 없다. 사람은 계속해서 소진되기 때문이다. 단어 하나에 기력 하나.

아무리 아껴 써도 어느새 단어들은 빼곡하게 모여 있고 기력은 온데간데없다. 몸의 기력은 밥을 먹으면 되고…… 정신은 남이 만든 좋은 것을 보아야 한다. 그래야 다시 내 것이 된다. 다시 쓸 수 있게 된다. 정신을 찾으러 공연장과 극장과 도서관과 서점을 헤맨다. 무엇이 있는지 모르는 곳으로 여행을 간다 돌아온다. 분명히 거기 중 어딘가에 있다는 걸 안다. 이번엔 못 찾나 싶다가도 결국은 만나긴 만난다. 가까스로 다시 쓸 수 있게 되는 것이다.

자, 언제나 글을 쓸 시간이 있어야 하고 기력과 정신이 있어야 하고 엎드려 누워 글을 쓸 집이 있어야 한다. 거기서 먹기도 하고 잠도 자는 거다. 돈은 어디서 어떻게 무슨 짓을 해야 충분히 벌 수 있지? 지금도 이 지경인데 더 늙으면 어디서 어떻게 먹고 자고 숨쉬어야 하지?

나는 거의 미쳐버린다.

치료자는 자살하려는 사람이 죽음을 전제로 하는
생각에 대해 부드러운 태도로 반대해야 한다.

─에드윈 슈나이드먼, 『자살하려는 마음』,
서청희·안병은 옮김, 한울, 2019.

정동진에 다녀와 스무 시간을 잤다. 삼 년 전
에 찍은 단편영화 상영회가 있어 새벽에 운전해
바닷가 숙소에서 하루를 묵었다. 이튿날 관객들
과 조촐한 대화를 나누고 해변을 조금 걸었다. 그
러고 나니 무얼 해야 좋을지 모르는 기분이었다.
나는 지도를 보며 부근을 훑다가 대관령 쪽으로
방향을 잡았다. 정동진에서 한 시간 남짓 거리였
다. 운전하는 동안 잠이 쏟아졌다. 간밤에 새벽
네시에 도착한 탓이었다. 나는 대관령 어느 국도
변의 만둣국 집을 찾아 차를 세웠다. 담배를 한
대 피우니 더욱 졸음이 밀려왔다. 나는 속수무책
으로 등받이를 눕히고 그대로 잠이 들었다.

깨어났을 때는 두 시간이 지나 있었다. 자도 너무 자버린 것이다. 길에는 안개가 자욱했다. 텃밭에서 야채를 솎던 여자가 바구니를 들고 식당 안으로 들어갔다. 나는 등받이를 세우고 담배 한 대를 더 피웠다. 집으로 돌아가고 싶은 생각이 간절했다. 식당의 간판은 작고 주변엔 인가가 없었다. 다시 올 일이 있을까? 나는 나에게 묻고 잠시 기다렸다. 피곤한 탓인지 배가 고픈 줄도 몰랐지만 돌아갈 길이 한참이었다. 나는 차에서 내려 기지개를 켠 뒤 식당으로 들어갔다.

손님은 나뿐이었다. 나는 만둣국과 감자전을 시키고 잠이 온데간데 없어진 것을 알았다. 그리고 허기가 몰려왔다.

만둣국을 먹으며 내가 이 일을 글로 쓰게 될지 가늠해보았다. 모를 일이라고 생각했다. 이래저래 몸을 움직여 사는 일은 글이 되기도 하고 그저 기억으로만 남기도 한다. 물론 기억에도 남지 않는 일들이 더 많기도 하다. 와중에 무엇을 쓰고 무엇을 쓰지 않을지를 생각하는 일이 고될 때가 있다. 사는 일을 쓸 것과 쓰지 않을 것으로 구분하는 생활이 힘에 부치는 것이다. 그래도 쓰는 사람이니까 책임을 다할 뿐.

대관령은 혼자서 처음 와봤다. 혼자인 것도 눈에 보이는 것도 안개도 낮은 초록의 겹진 능선들도 다 좋기만 했다. 이것에 대해 어떻게 쓰면 좋을까? 나는 운전석에 가만히 앉아 한참을 골몰했다. 그러는 사이에는 이토록 무용한 것에 골몰할 수 있음에 감사했다.

쓰는 삶은 혼자서 해나가야 한다. 쓰는 동안에는 여럿일 수 없다. 혼자서 해야 한다. 그게 싫기도 하고 안락하기도 하다. 나는 혼자 있으면서도 여럿이고 싶지만 여럿이 있으면 글을 쓸 수 없다. 가끔은 그런 탓에 몸서리가 쳐진다. 이렇게 계속 혼자서 글 쓸 궁리를 하며 아무데서나 혼자만의 생각에 빠져들어야 한다는 것이 좋기도 하고 싫기도 하다. 나는 사람들 사이에서 즐겁고 싶다. 언제까지나 곁에 있을 사람이 자신의 할일에 골

몰하며 어디로나 갔다가 나에게로 돌아오면 좋
겠다. 그건 행운이고. 행운은 바라는 쪽이 고통스
러운 것이고. 나는 국도변에 차를 세우고 혼자서
아무렇게나 잠드는 사람이고.

　창밖이 푸르다. 동이 트고 있다. 나는 오늘도
혼자서 불 꺼진 집안을 서성이다가 이 글을 썼다.
그나저나 스무 시간을 잔 것도 일종의 광기가 아
닌가 한다. 적당히를 모른다 나는. 스무 시간이라
니. 그사이 이 집에 잠든 사람이 있다는 것을 아
무도 몰랐다. 자는 동안에는 나도 나를 잊어버렸
다. 아무도 모르게 살아가는 사람들이 세상에는
너무 많다. 너무 많은 창문들을 멀리서 바라본다.
그걸 다 무어라 써야 할지 모르겠다.

매일 새로운 글을 써야 한다. 어제 쓴 것은 어제로 끝나야 한다. 나는 매일 다른 글을 써야 한다고 나에게 주지시킨다. 오늘은 뭘 쓰지. 늦은 아침에 눈을 뜨며 생각한다. 간밤에 글을 쓴 날은 하루의 시작이 좋다. 든든한 마음이 다부지게 들어차 있다. 간밤에 글을 쓰지 못한 날은 아침에 눈을 뜰 때 다시 감아버린다. 공쳤네. 돌아누우며 마음을 다잡는다. 오늘은 꼭 쓴다. 쓰고 만다.

나는 밤에 침대에 엎드려 노트에 초고를 쓴다. 그러고는 아침에 일어나 담배를 두어 대 피우고 두유를 마시고 간밤에 써놓은 글을 타이핑하며 고쳐 쓴다. 타이핑하는 과정에서 글은 살이 붙고 자연히 표현이 다듬어진다. 아무것도 손보지 않고 그대로 타이핑하는 날도 있다.

아침에 일어나 타이핑하며 간밤에 쓴 글과 작별한다. 아침을 먹으며 내가 무얼 썼는지 잊는다.

그래야 새로운 글을 쓸 수 있다. 하루종일 집 안을 서성이기도 하고 밖에 나가 좋아하는 영화를 보기도 한다. 필요한 물건을 사러 갔다가 비싸서 내려놓기도 한다. 이걸 사면 생활비가 많이 줄어드니까 내가 힘들어질 게 분명하다. 나는 돈이 없을 때마다 죽는 것 말고는 답이 없다고 생각해버린다. 그래서 마음에 드는 것 갖고 싶은 것이 있어도 사지 않는다. 그걸 가지면 나중에 고통스러워지는 내가 떠올라서 선뜻 돈을 지불하지 않게 된다.

먹고 마시고 시간을 보내는 데 쓸 약간의 돈과 월세와 공과금과 대출금이 나에게는 있다. 월세를 내고 싶지 않아서 집 없이 살 수는 없는지 고

심한다. 집을 정리하고 월세보다 훨씬 싸게 숙박료를 내고 지낼 수 있는 나라에 가 떠돌며 사는 것은 어떨까 생각한다.

에세이와 시 수업을 하고 글을 쓰면서 버는 돈으로 행복하게 지내고 싶은데 그것 하나 쉽지 않다. 나는 애를 태우고 마음을 졸이고 나를 추궁하고 안달한다. 그러다 지치면 오늘 써야 할 글에 대해 생각한다. 걱정은 할 만큼 했으니 이제 글을 쓰자. 이런 식이다. 걱정하고, 나를 달래고, 수업하고, 글 쓸 궁리를 하는 것이 나의 하루 일과다. 모든 수업이 끝나면 티브이를 틀어놓고 잠시 본다. 아무 생각 없이 채널을 돌린다. OTT에서 궁금했던 영화나 드라마를 본다. 글 쓸 준비가 되었는지 수시로 나를 들여다본다. 티브이 앞에 앉아서 초초해한다. 담배를 몇 대 피우고 간식을 먹는다. 뭔가를 쓸 것 같기도 하고 못 쓸 것 같기도 하다. 모르지만 노트를 챙겨 침대로 간다.

나는 뒤척이다 오늘의 글을 쓴다.

밤에는 자고 싶다. 하지만 깨어 있다. 어떤 밤은 쓰기도 하고 어떤 밤은 한 줄도 떠오르지 않는다. 앞으로도 쓸 것이 없는 날들이 이어질지도 모른다는 불안에 휩싸인다. 오늘 무얼 써야 하는지 모르는 것처럼 내일도 내일의 모름이 있다. 언제든 쓸 수 있도록 신경을 곤두세우는 것 말고 다른 방법은 없다. 글을 쓰는 것과는 전혀 상관 없는 삶을 사는 사람처럼 양치를 하고 몸을 씻고 밥을 짓고 그것을 먹는다. 낮잠을 잔다. 리모컨을 한 손에 쥐고 채널을 돌리다 끈다. 담배를 피운다. 커피를 끓여 마신다. 화장실에 간다. 다짜고짜 써야 한다고 생각한다. 의자에서 벌떡 일어나 방안을 걷기 시작한다. 해가 진다. 무얼 쓸지 모른다. 이것저것 내 안에 자리잡고 있지만 모든 게 뒤엉켜 있다. 쓸 만한 것인지 쓸모없는 것인지 구분한다. 밤이 온다. 새벽이 시작된다. 갑자기 한꺼번에 쏟아져나온다. 내가 쓰고자 하는 것을 노트에 빠르게 받아 적는다. 아침이 되었다. 담배를 피운다. 갑자기 잠이 든다. 알람이 너댓 개 울린다. 차례로 끄고 계속 잔다. 일어난다. 항우울제를 먹는다. 간밤에 썼다는 안도감을 느끼며 담배를 피운다. 시리얼을 먹고 영양제를 삼킨다. 노트를 펼치고 노트북에 천천히 타이핑한다. 문장은 노트에서 워드프로세서로 옮겨지는 동시에 알맞게 수정된다. 비문을 바로잡고 단어를 교체한다. 파일을 저장한다. 오늘은 무엇을 쓰게 될지 몰라 금방 초조해진다. 신경을 곤두세운다. 낮잠을 잔다. 아무것도 떠오르지 않는다. 책을 집어 몇 장을 읽는다. 밑줄을 긋고 여러 번 반복해 소리내 읽는다. 무언가 떠오를 것 같은 기분이 된다. 그러나 사라진다. 영화를 본다. 책상 아래 쌓여 있는 책들을 손 닿는 대로 뒤적인다. 밥을 짓는다. 그것을 먹는다. 화장실에 간다. 밤이 온다. 새벽이 시작된다. 누워서 천장을 본다. 돌아누워 벽을 본다. 엎드려 노트를 펼친다. 오늘은 못 쓰겠구나 확신한다. 수면약을 먹는다. 잠이 오지 않는다. 아무렇게나 첫 문장을 쓴다. 지운다. 벽을 본다. 천장을 본다. 천장이 무너진다. 갑자기 한꺼번에 쏟아져 나온다. 노트의 페이지가 빠르게 넘어간다. 아침이다. 느닷없이 잠든다. 깨어난다. 어제도 썼다는 안도감에 담배를 한 대 피운다. 항우울제를 삼킨다. 오늘은 정말로 못 쓸 거라고 생각하며 한동안 무력감에 빠진다. 신경을 곤두세운다. 내가 보았던 좋은 것들을 떠올린다. 오늘 못 쓰면 내일 쓰면 된다고 나를 진정시킨다. 다짜고짜 쓴다. 타이핑한다. 많은 날이 뒤섞여 하룻밤 꿈이 된다. 알람 소리. 이대로 줄곧 자고 싶다. 차례로 끈다. 나는 여러 번 잊혀진다. 아무도 내가 자는 줄 모른다. 더이상 잘 수 없을 때까지 잔다. 눈을 뜬다. 쓴다. 싼다. 잔다.

"죽음은 형태가 모든 형태의 부재로, 형상이 비형상으로
이행하는 것이고, 존재가 비존재로 이행하는 것이다."

ー블라디미르 장켈레비치, 『죽음』,
김정훈 옮김, 호두, 2023.

　카메라는 무언가를 바라본다. 지켜보기도 하고
따라가기도 하고 멀어지기도 한다. 그렇게 담아낸
것은 조각나 이어지며 이야기를 만들어낸다. 이야
기는 카메라가 바라본 장면에 담겨 있다. 이야기
는 장면의 연속에서 폭발한다.

　살아가는 일은 편집이 없는 연속된 플레이다.
카메라가 바라본 장면을 잘라서 붙이듯 우리는
기억을 편집한다. 때로는 그것만이 삶이라고 여
긴다. 편집된 기억은 살면서 추가 삽입되기도 하
고 영구 삭제되기도 한다. 편집점에서 만나는 기
억들은 최소 단위의 서사로 흐른다. 그러나 삶의

서사에는 잘려나간 것들이 더 많이 있다. 반복되는 지루함으로 탈락하기도 하고 탈락한 자리에는 돌이킬 수 없어 반복 재생되는 기억이 자리를 잡는다. 그러면서 계속해서 고유의 러닝타임을 유지한다. 인간이 한 번에 재생할 수 있는 기억은 그리 길지 않다.

시는 하나의 순간이 반복 재생되는 장면이다. 단어와 문장은 독자에게 가서 이미지로 전환된다. 그리고 이미지는 움직이기 시작한다. 프레임 없는 확장된 공간에서 장면이 흐르고 그것은 반복 재생되며 매번 다른 서사를 구축한다.

시는 독자에게 가서 독자 자신이 직접 경험한 적 없는 기억이 되어버린다. 독자는 시에서 재생되는 장면을 자신의 기억처럼 재생하고 경험한다. 시에서의 화자는 모든 독자다. 시의 주체 역시 모든 독자다.

무수히 많은 독자가 하나의 경험을 공유한다. 간직한다. 공동의 기억이 형성된다. 영화는 캐릭

터의 경험을 지켜보지만 시는 직접 체험하여 각자의 경험으로 남는다.

물리적 경험과 정신적 경험이 시를 통해 가능하다. 어떤 꿈의 공간은 너무나도 선명하여 가본 적 있는 장소가 되는 것처럼 세계는 물리의 세계와 정신의 세계가 나란히 흐르는 현상이다. 쓰는 사람은 물리의 세계에서 정신의 세계로 가뿐히 이동한다. 시인의 몸은 물리의 세계에서 이력을 갖는다. 정신의 세계는 이력 없는 몸들이 활동하는 곳이다. 몸은 이미지이며 정신을 가지고 있다. 그것은 우리가 흔히 떠올리는 유령을 닮았다. 시인은 이미지로서의 몸을 가지고 다른 세계를 떠돈다.

멋진 이야기를 읽거나 보면 나 역시 멋진 이야기를 쓰고 싶어진다. 그러나 그것은 의욕만으로 만들어낼 수 있는 것이 아니다.

택시를 타고 내부순환로를 빠져나가는 중이었다. 고가에서 차는 더디게 움직였다. 해가 지느라 낮은 산의 능선이 붉게 물들어 있었다. 그 아래 둔덕에는 제각각 다르게 생긴 다세대주택들이 빼곡하게 자리를 잡고 있었다. 차가 앞으로 성큼 움직이고는 다시 멈추었을 때였다. 거실 통창으로 벌거벗은 남자가 보였다. 그는 창밖을 보며 한참을 서 있었다. 배가 불룩하고 풍채가 좋았다. 거뭇한 털이 성기게 모여 있었다. 차가 다시 움직이고 앞선 건물에 비스듬히 가려 보이지 않을 때까지 나는 눈을 떼지 않았다. 그는 창 너머에서 물러서지 않았다. 차는 아주 천천히 홍은사거리로

진입했다.

　집마다 사람이 살고 있지만 정작 사람이 보이면 당혹스럽다. 더군다나 벌거벗은 사람을 보는 것은 더욱 그렇다. 집에서 저 사람은 저렇게 있구나. 나는 당혹스러워하면서 고개를 돌리지 않는다. 욕실은 깨끗할까? 냉장고엔 무엇이 들어 있을까? 유통기한이 지난 음식은 없을까? 마른 바닥에 요를 깔고 잘까? 침대가 있을까? 담배는 피우려나? 개가 살고 있을까? 고양이는? 텔레비전은 무엇을 방영하고 있을까? 식탁 의자에는 수건이 걸려 있을까? 벗어놓은 옷은? 떨어진 머리카락이 많은 집일까? 잘 닦인 바닥이 맨들맨들할까? 소파는? 안마의자는? 사람은 몇 명이 살까? 나는 궁금해서 문을 열고 들어가고 싶다.

　이제 해는 한참 전에 지고 없다. 나는 어둑한 방에서 작은 스탠드만을 켠 채 책상에 앉아 그를 떠올리고 있다. 헝클어진 머리와 구부정한 다리와 성긴 털에 돋아 있던 그의 쪼그라든 성기를.

58

　　최근에 나는 많은 것과 작별했다. 우선 열일곱 살부터 모으기 시작한 문학과지성사 시전집이 떠오른다. 어림잡아 이백 권은 거뜬히 될 그것들을 모두 버리기로 했고 그렇게 했다. 이제는 구하기 어려운 청하 세계시인선도 버렸다. 민음사의 절판된 모던클래식 시리즈도 버렸다. 나는 이천 권쯤 되는 어쩌면 그보다 더 될지도 모르는 책들을 모조리 버렸다. 그리하여 텅 빈 책장 여섯 개도 버렸다. 책상 아래 놓여 있던, 무엇이 들었는지 열어보기 무서운 여섯 칸 들이 철제 서랍 두 개도 통째로 버렸다. 마흔이 되어 켜기 시작한 첼로도 버렸다. 스물네 살엔가 사서 쳐보려고 부단히 노력했던 기타도 버렸다. 일본을 오가며 모은 중고 엘피도 버렸다. 다 버렸다.

집을 나오면서 두고 나온 물건들을 정리하는 과정에서 자주 언성이 높아졌고 나는 그걸 견딜 수 없는 사람이었다. 그래서 나는 내 물건들을 전부 버리라고 했다.

해서는 안 될 짓을 했다는 생각이 솟구칠 때가 있는데 매번 빠르게 떨쳐낸다. 정말일까봐 무섭기 때문이다.

　　하루는 엄마에게서 문자 메시지가 왔다. 등이 굽어서 젖이 붙어버렸어. 그래서 땀띠가 생겨가지고 너무 가려웠는데 지금은 많이 나아졌어.

　　밤낮으로 더위가 기승을 부리던 때였다. 엄마를 미워할 때마다 우그러들던 명치가 묵직하게 내려앉았다. 엄마는 매번 내게 자신이 믿는 신에 대해 이야기하거나 기도하기를 권유하면서 이번에는 느닷없이 젖이 붙어버렸다고 했다. 나는 무심코 내 젖을 꾹 눌러보았다.

　　엄마의 젖이 붙어버린 것은 내 탓이 아닌데 죄

책감을 느낀다. 나는 죄책감을 느끼게 하는 엄마가 싫다. 아무리 덥고 늙었어도 젖이 안 붙었으면 좋겠다. 건강하게 살다가 연락하는 일 없이 자연히 소식이 끊겼으면 좋겠다. 나에게도 엄마가 있는데…… 하고 어느 날 문득 떠올리다가 금세 잊었으면 좋겠다. 하지만 그런 일은 없다. 엄마의 젖은 붙어버렸고 엄마는 내게 같이 교회에 가자고 하고 내가 힘들게 사는 것은 하나님을 믿지 않아서라고 이야기한다.

엄마는 틀렸다. 내가 지금껏 힘들게 사는 건 엄마가 나를 돌보지 않고 교회에 있었기 때문이고 내가 인생에 대해 알아야 할 것들을 나에게 가르치는 대신 성경을 주었기 때문이고 교회에 다니지 않는 나를 어둠에 씌인 사탄이라고 했기 때문이다. 나는 딸이다. 사탄이 아니라. 이렇게 단순한 것을 교회에 다니면 아주 잊어버리게 되나? 하나님이 지켜주시는 만큼 젖이나 붙지 않았으면 좋겠다. 왜 하필 젖이 붙어가지고. 하필 그게 붙어버려가지고.

기력 없는 몸으로 쪼그리고 앉아 텔레비전을 보는 엄마의 모습을 잠시 바라보았다. 등은 휘어지고 턱은 공중에 높이 들려 있다. 엄마는 허리를 크게 다친 뒤로 잘 걷지 못한다. 나는 엄마와 여행을 가본 적이 없다. 지금이라도 가는 게 엄마가 가장 상태가 좋은 날들인 걸까.

나는 엄마를 너무 오래전에 떠났고 그래서 무언가를 함께할 자신이 전혀 없다.

엄마는 내가 결혼한 것을 뒤늦게 알았다. 이혼도 하고 나서야 말했다. 엄마는 내가 결혼 생활을 하는 것에 안도했다가 이혼한 것에는 불만이 많았다. 그렇게 쉽게 이혼하는 것이 아니라고 했다. 엄마가 나에게 참을성을 가르쳐주지 못했다며 자책을 하길래 정정해주었다. 엄마는 나에게 아무것도 가르쳐준 것이 없다고.

나는 엄마를 사랑하지만 결코 좋아하지 않는다. 나에게 영향을 끼치려고 하면 나는 바로 셔터를 내려버린다. 내가 모든 것에 영향받을 수 있었을 때에, 엄마가 하늘을 보라면 고개를 들고 하늘을 바라볼 수 있었을 때에, 엄마는 나와 함께 있는 대신 종일 교회에 가 있었다.

지금 나는 엄마를 택하지 않는다. 복수는 아니다. 내가 겪고 자연히 그렇게 된 것이다.

엄마가 죽으면 나는 세상에 어떻게 남겨질까? 엄마는 내가 이혼하고 곧장 일을 하지 못하고 있을 때 몇십만 원씩 주곤 했다. 나는 거절하지 않고 받았다. 엄마에게 받아서 그것으로 생활했다는 기억을 갖고 싶었다. 엄마와 나 사이에는 교회

가 강력하게 자리를 잡고 있지만 생활비에 보태
라며 지갑에서 현금을 꺼내 주던 기억도 선명하
게 자리를 잡았다.

엄마는 거실에 나를 앉혀두고 한 시간 가까이
"싫어"라는 말을 반복한다. 소리를 지르기도 하
고 갈라진 목소리가 잦아들기도 한다. 거실에는
커다란 카펫이 깔려 있다. 나는 촘촘히 직조된 카
펫의 실을 손톱으로 긁었다. 텔레비전이 켜져 있
었지만 보는 것은 허용되지 않았다. 엄마는 텔레
비전 화면을 쳐다보다가 나와 눈이 마주치면 "싫
어" 하고 외쳤다. 엄마가 나를 좋아하지 않는다
는 것을 모를 수 없었다. 엄마가 나를 싫어한다는
것은 분명한 사실이었다.

그 일이 있고 나면 나는 밤에 기절하듯 잤다.

피곤하다는 감각을 나는 그때 깨우쳤다. 열 살 때의 일이다.

내가 어렸을 때 우리집은 가난했는데 갑자기 형편이 좋아졌다. 그러나 저러나 형편의 차이를 알지 못했지만 그 커다란 거실이 있던 이층집이 꽤 거창했던 것은 기억하고 있다. 외동인 나는 이층에서 혼자 지냈다. 무슨 이유인지 어떻게 시작됐는지는 모르지만 나는 자주 일층 거실에 앉아 내가 싫다는 비명에 가까운 외침을 들어야 했다.

자식을 낳아 키우면 안 되는 사람들이 나를 태어나게 하고 사랑하지 않았다는 것을 나는 용서할 수 없다.

　조만간 무슨 일이 벌어질지 모른다고 생각했지만 잠자코 있었다. 무슨 일은 생기기도 하고 생기지 않기도 한다. 무슨 일이 벌어진다면 이번에 나는 견디지 못할 거라는 걸 알고 있다.

　나는 한때 모르는 사람들이 내게 건네는 비아냥과 천박한 말들을 보아야 했다.

　그 일은 거의 잊었지만 완전히 잊지도 않았다. 그 일을 겪으면서 느꼈던 감정들은 아주 희미하게 남아 있다. 그후로 나에게는 경계심이 생겼다. 무얼 경계해야 하는지는 잘 모르겠지만 말이다.

내가 아이였을 때 하고 싶어했던 일들이 떠오른다. 나는 그림을 그리고 싶어했다. 열두 살 때 나는 하루에 여섯 시간씩 화실에 있었다. 엄마는 아빠가 화를 낸다며 더이상 화실에 다니지 못하게 했다.

아이가 그림을 그리는 게 좋아서 몰두하는데 어른인 사람은 화를 냈다.

후기

나는 아이가 하고 싶어하는 것을 하게 할 것이다. 왜 그런 것을 좋아하냐며 화내지 않을 것이다. 하지만 나는 아이가 없다. 그런 어른이 나는 되었다.

지하철에서 『가족의 무게』를 절반쯤 읽고 집 녹인
에 돌아와 앉은 자리에서 나머지를 다 읽었다. 나
는 걸어가면서도 책을 읽곤 하는데 이 책의 경우
잠시라도 쉴 시간이 필요해서 지하철 역에서 집
으로 오는 동안에는 읽지 않았다.

몰두하는 행위는 반드시 필요하다. 시간을 보
내는 것을 좀더 수월하게 해준다. 몰두할 게 없
을 때 시간은 고통스럽게 흘러간다. 아무것도 없
는 방안에 갇힌 것처럼 시간을 보내야 한다. 우리
는 그 방을 나와서 나를 몰두하게 만드는 것들을
찾아다닐 수 있다. 책과 영화와 음악은 어디에나

있고 나를 몰두하게 한다. 나는 그것들과 함께 시간을 수월하게 보낼 수 있다. 물론 몰두하는 행위는 많은 것이 괜찮아야 가능하다. 당장 납입할 대출금이 모자라거나 월세를 벌지 못했거나 건강이 나쁘거나 누군가 악질적으로 나를 괴롭히거나 혹은 잔잔하게 내 신경을 거슬리게 한다면 내게 좋은 것이 있어도 몰두할 수 없다. 책을 읽고 영화를 보고 음악을 들을 수 있다는 것은 그래서 다른 데 정신을 쏟지 않고 즐기며 몰두할 수 있다는 뜻이 된다.

다른 데 정신을 쏟지 않고.

나는 『가족의 무게』를 아주 집중해 읽었다. 그 파장 안에 아직 내가 있다. 이렇게 책에 몰두한 것이 오랜만이어서 몰입하는 기쁨을 충분히 누렸다. 살아가는 일은 고달픈 일들에 정신을 쏟느라 정신 없는 상태를 유지한다. 당장 해결할 수 없는 일이라고 해서 근심하기를 그만두거나 하지 않는다는 얘기다. 정신이 사납고 매일 밥벌이가 걱정인 나는 내가 원하는 때에 나를 즐겁게 하는 것들에 곧바로 몰두할 수 없다. 아주 잠깐 몰입의 순간에 들었다가도 근심이 재빨리 나를 낚아챈다. 그래서 이번 독서 경험은 각별했다. 나는 책을 덮고서 늘 하듯 책에 손바닥을 얹고 좋은 시간이었다고 되뇌었다.

밤에는 또다른 몰두할 책을 찾아서 온라인 서점의 르포 카테고리를 한참 둘러보았다. 열 몇 권의 책을 장바구니에 넣었고 그중 네 권을 주문했다. 좋은 시간을 보내기 위해 나에게 좋은 시간을 줄 것 같은 무언가를 찾는 일은 품이 들지만 즐겁고 그에 따른 보람이 있다.

다행히도 책을 읽거나 영화를 보거나 음악을 듣는 동안에는 살아 있다는 것을 의식하지 않는다. 그게 너무 달콤하다. 신이 나서 여행할 때도 그렇다. 살아 있다는 생각조차 하지 않는다.

나는 아무것도 할 수 없을 때 하필 살아 있다는 생각을 너무 많이 한다. 그래서 아무것도 할 수 없는 게 제일 무섭다. 그러니까 살아 있는 것은 잊는 쪽으로 살아 있는 게 아무래도 좋다는 결론이다.

후기

"나는 내 운명과 내 창작물을 연결시키는 법을 배웠고,
그로 인해서 내가 죽어야 하는지에 대한 의문을
괄호 속에 넣어둘 수 있었다."

─에바 메이어르, 『부서진 우울의 말들』,
김정은 옮김, 까치, 2020.

항공보안검색요원 일에 이력서를 넣은 것이
'서류 검토' 상태로 바뀌었다. 이백팔 명이 지원
했고 몇 명을 뽑는지는 모른다. 한자릿수로만 나
와 있다. 삼십대가 가장 많이 지원했다. 사십대
도 삼십팔 퍼센트나 된다. 경력 지원자가 대부분
이고 십 년 이상 경력자도 마흔아홉 명이다. 그렇
다. 내가 될 리 없다는 생각이 들어 의기소침해져
있다.

나는 다른 직업을 갖고 싶다. 매달 들쑥날쑥한
수입에 마음을 졸이는 일이 이제 힘이 든다. 다음
달은, 그다음 달은 수입이 없을까봐 걱정하다 밤

에 잠을 못 자는 일이 힘에 부친다. 그래서 월급을 받을 수 있는 일을 하고 싶다. 정해진 곳으로 출근해 하루 치 일을 하고 돌아와 피로에 지쳐 수면약 없이 잠들고 싶다. 월급이 들어올 거라는 안도감을 갖고 싶다. 나는 글을 쓰는 내가 너무 사치스럽게 느껴진다. 이렇게 사치를 부리다가 가난하고 비참하게 죽을 것이 분명하다.

죽고 나면 내가 죽은 것을 아무도 몰랐으면 좋겠다. 그러자면 오랜 시간을 들여 사람들과 멀어져야 함을 안다. 살아 있는 동안에 작별한 뒤 혼자서 죽을 수 있다면 그렇게 하고 싶다.

노인이 될 때까지 살고 싶은지는 아직 모르겠다. 나는 항상 내게 주어진 몇 개의 일을 마치면 삶도 끝나기를 바란다. 몇 개의 일은 줄지 않고 항상 비슷하게 유지된다. 하나의 일을 마치면 또 하나의 일이 생겨나는 식이다. 그렇다면 나는 아직 죽고 싶지 않은 것인지.

나는 죽으면 다 끝난다고 생각한다. 내가 태어

나기 전과 같은 상태로 돌아간다고 여기는 것이
다. 내가 나로 사는 일에 그다지 애착이 없다보니
삶이 끝나도 괜찮다고 여기는 것인지도 모른다.
나는 태어났고 살아 있다. 살아 있어서 해야 하는
일들을 한다. 먹고 입고 일하고 잔다. 이 모든 것
을 다 하지 못하게 되어도 나는 괜찮다. 더이상
살지 않아도 괜찮다는 뜻이다.

시를 쓰고 싶다는 기분이 짧고 강렬하게 찾아왔다. 지금까지 출간한 책들은 수월하게 써왔는데 요즘은 그렇지 못하다. 시집 한 권과 산문집한 권을 붙잡고 있으면서 시는 모조리 새로 쓰기로 하고 원고를 엎었고 산문은 원고지 삼백 매를 쓰고서 삼십 매만 남기고 다 폐기했다. 시를다 버리면서 그 열패감을 견디는 게 몹시 힘들었다. 이대로는 안 되는데 이것을 넘어설 수 있는지자신이 없었다. 사실, 언젠가 다시 파일을 불러와 이대로라도 출간하자는 마음이 들까봐 한 달을 고민하다 파일을 휴지통에 옮겼다. 내가 휴지통을 비웠던가? 어쩌면 전에 없던 신중함이 내게 생긴 것인지도 모른다.

　나는 신중함이라고는 모르는 사람이었다. 돌아보지 않고 계속 앞으로만 나아갔다. 그저 하고 싶은 대로 하면서 망설이지 않았다. 지금은 망설이고 돌아보고 뒤엎는다. 과정은 힘들지만 어쩌면 이게 맞는 거라는 생각이 들기도 한다. 그렇다고 무모하던 어린 시절의 결과물을 부정하고 싶진 않다. 그렇게 할 수 있을 때는 그렇게 하는 게 맞다. 다만 지금은 그렇게 할 수 없을 뿐.

　말로 설명할 수 없는 것은 그대로 늘어놓고 보여주는 수밖에 없다. 말로 설명하면 곧장 보잘것없어지기 때문이다. 그게 견딜 수 없이 싫은 사람이 글을 쓰고 음악을 만들고 영화를 찍는 것일 테다. 그러니 자신의 이야기를 하는 대신 남이 만든 훌륭한 것들을 화제삼아 차를 마시고 밥을 먹고…… 하여간 요즘 나에게는 좀더 복잡한 것을 다루고 싶다는 강한 욕망이 있고 그러려면 완전히 새롭게 시작해야 한다. 얼마 전에 친구와 통화하며 지금까지 해오던 것을 그대로 할 수 없는 시기가 온다는 이야기를 나눴다. 그때가 되면 새로운 것을 해야 하는데 새로운 것이란 그것대로의 시간이 필요하기 때문에 곧바로 새롭게 시작할 수 없다. 이 공백기에 새로운 것에 대한 방향을 잡고 그것에 필요한 것들을 공부하고 공부한 것을 나의 감각으로 변환시키고 그리하여 어떤 또렷한 감정으로 남을 때까지 궁글리다보면……
노인이 되어 있을지도……

지금은 그냥 불을 끄고 누워서 어릴 때의 오만을 흘러가는 구름처럼 바라보는 중이다.

기회는 먼 곳에 있다. 멀리 있으니까 보이지도 않고 안 보이니까 그런 게 있다는 걸 잊는다. 가까스로 생각해낸 뒤에도 너무 멀어서 가지 말까 싶다. 어떻게 가긴 가더라도 언제 도착할지 모른다. 기회는 먼 곳에 있으면서 한자리에 있지도 않는다. 기회는 그렇다.

애초에 생각할 거리가 안 된다는 것이다. 그것을 생각할 시간에 한 문장을 궁리하는 것이 낫다. 바로 그 문장을 쓸 수 있기 때문이다.

일단 써야 한다. 시작해야 한다는 말이다. 기

회? 오든지 말든지. 하지만 무조건 써야 한다. 한참을 쓰다보니 기회라는 것과 맞닥뜨렸다. 기회는 눈앞에 써 있는 것을 읽는다. 그렇다. 읽을 것이 있어야 읽는 것이다.

이 글은 충분히 좋지만 우리와는 맞지 않네요.

요즘 내가 듣고 있는 피드백이다. 내 시나리오는 수차례 거절당하는 중이다.

다음 기회에.

다음 기회가 언제 어디에 있는지 모르겠지만 그때까지 또 써야 한다. 빌어먹을. 더럽게 고생했는데 또 고생해야 한다.

하지만 써놓은 글이 있어 기회를 만날 수도 있었다. 그러니 또 쓰는 수밖에 없다. (방금 이 문장을 쓰는데 손이 좀 떨렸다.) 돌아버리겠네.

항공보안검색요원 이력서는 여전히 '서류 검

토' 상태에 머물러 있다.

언제까지 이렇게 계속 써야 하는 거지? 내가 가진 재능으로는 매달 삼백오십만 원을 일정하게 보장받지 못한다. 나는 한 달에 삼백오십만 원을 벌어서 월세도 내고 공과금도 내고 대출금도 내고 먹을 것도 사고 이것저것 생활비도 써야 한다. 나는 당장이라도 유니폼을 입고 보안검색대에 서서 사람들을 스캔하고 싶다.

하지만 경력자들이 대거 지원한 마당에 나에게 기회가 올 리 없다. 그래. 이것도 내 것이 아니란 말이지.

슬퍼 뒤짐.

나는 침착하게 다음 글을 쓴다. 슬플수록 돌아가라는 말이 있다. (없으면 말고.) 나는 빙빙 돌아서 최대한 오랫동안 다음 글을 쓴다. 그것 말고 다른 방법이 있는데 내가 모르고 있다면 그것은 방법이 아니다. 나는 지금 당장 내가 할 수 있는 것을 하기 위해 글을 쓴다.

나는 죽지 않기로 친구들과 약속했다. 문을 부수고 집에 들어와 나를 병원에 데려가고 약기운이 다해 잠에서 깰 때까지 기다렸다가 나를 자신의 집으로 데려가 내가 혼자서 지낼 수 있을 때까지 데리고 있으면서 나를 먹이고 재운 친구들과의 약속이기 때문에 지켜야 한다.

그러니 쓰는 것만 남아 잇다.

항상 쓰는 것만 나에게 남는다.

저주 같다.

정말로 죽지 않을 만큼만 돈을 주고 살려두면서 다른 선택도 못하게 하는 저주다.

내가 가진 재능은 이렇게 생겼다.

"인간은 몸으로 '존재'할 뿐만 아니라,
동일한 몸을 '소유'하기도 한다."

—헤르베르트 플뤼게, 『아픔에 대하여』,
김희상 옮김, 돌베개, 2017.

글을 쓰는 일은 광장에서 깃발을 드는 것과 같다. 나는 깃발에 아빠를 싫어하는 사람이라고 쓴다. 그리고 광장으로 가서 깃발을 높이 들고 서있다. 그러면 나와 같은 사람들이 하나둘 깃발 아래로 모여든다. 나는 중학교 때 이후로 아빠를 보지 못했어요. 나는 그보다 더 어렸을 때였어요. 그것참 행운이네요. 나의 아빠는 징그럽게 옆에 붙어 있으면서 나를 때렸어요. 나의 아빠는 끊임없이 엄마가 아닌 다른 여자를 만났어요. 그러느라 나를 돌보지 않았죠. 나는 남자를 믿지 않아요. 혼자인 게 마음이 편해요. 안전하다고 느껴요. 나의 아빠는 망상에 사로잡혀 가족을 버렸어요. 인생이 도박과 같았으니까요. 나의 아빠는 항상 나에게 돈을 요구해요. 소리를 질러요. 나의 아빠는 술을 너무 많이 마셨어요. 집을 한순간에 지옥으로 만들었어요. 나의 아빠는 처음부터 없었어요. 나는 아빠를 단 한 번도 본 적이 없어요. 나를 세상에 태어나게 한 것을 증오해요. 광장에 모인 사람들이 셋 넷 증언하기 시작한다.

나는 지금까지 여러 개의 깃발을 하나씩 차례로 들고 광장으로 나갔다. 그리고 행진했다. 죽고 싶은 사람들과 햇빛 아래서 천천히 앞으로 나아갔다. 증오에 가득찬 사람들과 햇볕을 쬐며 광장에 누워 있었다. 가난한 사람들과 빌어먹을 가난을 향해 소리질렀다.

그리고 나는 지금 내가 가진 것을 깃발에 적고 있다. 사실 나는 이 깃발을 들고 아무도 없는 곳을 혼자 걸어볼 생각이다. 그러다 사람을 만나면 내가 가진 것을 보여주고 계속해서 걸어가자고 생각했다.

나는 그만큼 튼튼한 두 다리를 가졌나?

얼마나 멀리 걸어갈 수 있나?

나는 내가 온 만큼 돌아보며 서 있다.

산길

나는 글을 쓰는 통로다. 글은 나를 통해 나온다. 글을 쓰는 데 가장 중요한 것은 나다. 이 세상이 궁핍한 나를 거치면 궁핍한 글로 나온다. 어떤 면에서는 서글픈 일이 아닐 수 없다. 나는 궁핍하고 서글프다.

그러고 보면 나는 인생의 고통스러운 부분을 글로 써서 나누려 하고 좋은 것은 혼자서 좋으려는 경향이 있다. 기질 같은 걸까? 좋은 것은 각자 좋으면 그걸로 충분하다고 생각한다. 하지만 고통은 공동의 문제가 될 필요가 있다고 여긴다. 나는 고통이 공동의 경험이 되길 원한다. 어쩌면 여럿이서 함께 고통을 끝내는 방법을 찾을 수 있을지도 모르기 때문이다.

고통을 끝내는 것은 매우 중요하다. 고통은 끝이 있어야 한다. 그래야 사람이 죽음을 생각하지 않고 그다음까지 살아가보기로 한다. 그래야 자신을 망가뜨리는 선택이 아니라 다음을 생각하게 하는 선택을 할 수 있다. 나는 그렇게 생각한다.

그래서 나는 다른 내가 되어보고 싶다는 생각을 한다. 다른 나를 통해 어떤 글이 나올지 궁금하다. 그러나 갑자기 다른 내가 될 순 없다. 나는 변화하는 흐름 속에 있고 한때 정착되었던 내가 시간이 흐른 뒤에는 더이상 내가 아니게 된다. 시간이 흘러야 하는 것이다. 지금 나는 지금 나로 글을 쓰고 다음의 나는 다음 나로 글을 쓴다. 시간이 선을 이루듯 나도 그것에 정렬된다. 지금 내가 원하는 다음 자신이 되기 위해서 시간이 새롭게 정렬되는 사이에 변화하는 것은 내 몫이다.

누가 대신 해주지 않는다.

사실 누가 대신 해주기도 한다. 변화를 만들어 준다. 나는 그 변화를 받아들이기 싫어서 집을 두 번 나왔다. 한 번은 엄마와 살던 집에서 나오고 한 번은 결혼해 살던 집에서 나왔다. 나는 내가 원하는 대로 시간을 흐르게 하고 내가 계획한 대로 변화를 맞이하고 싶어한다.

이렇게 쓰고 보니 내가 무척 철저하게 자기 관리를 하는 것처럼 읽힐 수도 있겠단 생각이 든다. 나는 상당히 느슨하고 게으르다. 하루종일 씻지도 않고 밥도 안 먹고 누워 있었으면서 글을 쓰면 그걸로 됐다고 생각한다. 글을 썼으니 됐다. 글을 쓴 나에게는 관대해진다. 하루종일 씻지도 않고 밥도 안 먹고 누워 있었으면서 글도 안 쓰면 나는 당장 쓰레기가 된다. 대형 쓰레기봉투에 담긴 몸뚱아리처럼 나를 인식한다. 당장 내다버리고 싶다. 타는 쓰레기.

내가 글을 쓰지 않는다고 해서 큰일은 일어나지 않는다. 사람들은 금방 잊을 것이다. 내 책은 서점 가장 구석진 곳으로 점점 밀려나 누구의 눈에도 띄지 않을 것이다. 도대체 유진목이라는 작가가 어째서 글을 쓰지 않는지 골몰하거나 수소문하는 사람도 없을 것이다. 쓰면 쓰나보다 하고 안 쓰면 안 쓰나보다 하는 곳에서 나는 글을 쓴다. 나 역시 써도 그만 안 써도 그만인 글들을 쓴다. 글을 안 쓰면 나는 지금보다 더 엉망으로 살 것이 분명해서 쓰고 있다. 나는 잘살고 있다는 감각을 구하려고 쓴다. 글을 안 쓰는 나는 너무 하찮아서 그냥 죽는 게 나을 지경이다.

나는 문장으로 기억된다. 내가 쓴 문장 옆에 이름이 놓인다. 사람들은 내가 쓴 문장을 간직한다. 나는 간직된다. 나는 비로소 이름을 가진다.

나는 문장을 통해 살아간다. 밥을 먹고 밥을 먹었다고 쓴다. 담배를 피우고 담배를 피웠다고 쓴다. 나는 밥을 먹고 담배를 피운 사람이 된다. 밥을 먹고 담배를 피운 사람으로 문장에 남는다. 그러면 사람들이 볼 수 있다. 나는 혼자서 밥을 먹고 담배를 피웠지만 문장을 통해 여러 사람들에게로 간다. 사람들 사이에서 나는 밥을 먹고 사람들 사이에서 나는 담배를 피운다.

나는 문장으로 확장된다.

산문을 쓰자면 내 삶을 들여다보게 된다. 쓰기 썸
는 언제나 현재에 걸쳐 이뤄지지만 문장은 과거
와 미래를 담는다. 나는 어쩌다 내가 태어난 것부
터 시작해 당장이라도 죽고 싶어하는 나까지 자
세히 들여다볼 수밖에 없다.

자신의 삶을 죄다 쓰고도 무사하려면 쓴 것을
잊는 수밖에 없다. 나는 쓰고, 일정 시간이 지나
면 그것을 잊는다. 고통스러운 기억을 지우듯이
그렇게 한다. 그래야 다음 책을 쓸 수 있고 그렇
게 번 돈으로 집세와 대출금을 낼 수 있다. 지금으
로서는 쓰지 않으면 먹고 살 수 없다. 쓰지 않으면

나는 얼마 지나지 않아 거리에 나앉게 될 것이다.

나는 그래서 쓴다. 지금도 그래서 쓰고 있다.

후기

"나를 죽이지 않은 것이 나를 강하게 만든다."

ー프리드리히 니체

나는 불행한 사람이다. 이 문장에 마침표를 찍
기까지 적잖은 시간이 필요했다. 수기로 적은 산
발적인 산문을 정리하던 중에 어렴풋이 '불행'이
라는 단어가 머릿속을 스쳤다. 불행은 나일까?
곧장 미간이 찌푸려졌다. 글쎄. 그 정도는 아니지
않나. 나는 짐짓 모른 척했다. 하지만 곧 나의 이
야기에 순응했다. 그래서 마침표를 찍기로 했다.

나는 불행한 사람이다.

마침표.

쓰는 행위는 시간을 보내는 고통스러운 방법 중 하나다. 글을 쓸 때면 자꾸만 손목시계의 초침을 바라보게 된다. 나는 모든 것을 흘려 보낼 수 있으면서도 글을 쓴다. 심지어 그것을 타인에게 공개한다. 그 역시 나에게 어떤 영향을 끼칠지 다 알 수 없지만, 확실한 것은 내가 벌인 일로부터 태연해지는 것은 분명하다. 나는 온갖 괴로운 일들을 책에 쓰고서 태연하게 살아간다. 마치 나의 일이 아닌 것처럼 그렇게 한다.

모든 것에 무감해지는 대신에 불안을 적극적
으로 견뎌보는 건 어떨까 생각해본다. 하지만 짐
작과 가늠으로는 판단해볼 수 없는 영역에 나의
불안이 있다.

작년 가을에는 후쿠오카에 다녀왔다. 11월의 후쿠오카는 여름의 끝자락 같아서 챙겨간 가을 니트들은 모두 캐리어에 넣어둔 채로 반팔 티셔츠를 사서 입고 발이 퉁퉁 부을 때까지 돌아다녔다. (나는 항상 여행 옷을 챙기는 데 실패한다.)

9월에는 부산지방법원에서 이혼을 확정받았다. 대기실에서 순서를 기다리다 짧은 질의에 대답하니 그걸로 끝이었다. 그날 밤에는 갑자기 울음이 터져 소리내 울었다.

10월은 어떻게 보냈는지 기억나지 않는다.

11월이 되자 후쿠오카에 가고 싶었다. 도무지 혼자 갈 엄두가 나지 않아 J와 함께 짐을 꾸렸다. J의 트렁크에는 후쿠오카 날씨에 걸맞은 옷들이 들어 있었다. J의 동행으로 배짱이 생긴 나는 마음이 한껏 부풀어올랐다. J는 페이페이 돔 투어를 예약했고 목요일 저녁의 클래식 공연을 보려고 티켓을 알아보았다. 나는 여행을 떠나며 아무런 계획을 세우지 않는 사람이지만 J는 나와 달랐다. 나 아닌 사람과 함께하는 것은 삶에 새로움을 더하는 일이 되어준다.

처음에 나는 시간이 필요하다는 구실로 황급히 S를 떠났고, 당시 그는 내가 다시 돌아오지 않으리라는 것을 분명히 알고 있었다. 잠시 떠나 있겠다는 게 어떤 의미인지 아느냐고 그는 내게 물었다. 나는 그저 혼자 있을 시간이 필요한 것뿐이라고 대답했다. 그러고는 더이상 아무도 말을 잇지 않았다.

나는 앞으로의 내가 어떤 결정을 내릴지 모른

다고 생각했다. 모르지만 그 순간에는 혼자가 되는 것 말고는 다른 방법이 없다고 여겼다. 그러다 시간이 지나면 그와 다시 시작할 수 있을 거라는 기대가 있었다. 하지만 나 역시 내가 그때 그 순간에 아주 떠난 것이라는 것을 지금은 안다.

가장 처음으로 한 일은 결혼 전에 혼자서 살던 집으로 이사한 것이다. 보증금은 J가 넣어주었다.

그날 나는 당장 입을 옷가지들과 노트북만을 챙겨 집을 나왔다. 차에 약간의 세간을 싣고 부산을 떠난 나는 명동 부근에 도착해 차선을 변경하다 뒤에서 오는 차와 접촉 사고를 냈다. 핸들이 움직이지 않아서 더이상 운전해 집까지 갈 수 없었다. 나는 지갑이 든 가방과 트렁크에 든 캠핑용 침낭을 챙겨서 택시를 잡아 탔다. 집에는 아무것도 없었다. 나는 텅 빈 바닥에 침낭을 펼치고 누워 열두 시간을 정신없이 잤다.

후쿠오카에는 좋아하는 킷사와 이자카야가 있고 그곳에서는 우아한 방식으로 연초를 피울 수 있다. 후쿠오카에서 내가 가는 곳은 어디에나 재떨이가 놓여 있고 흡연자를 미워하지 않는다. 그점이 나를 매우 홀가분하게 한다. 그리고 무엇보다 치요짱이 있다. 치요짱은 노란 간판을 가진 아주 작은 가게로 저녁 여섯 시부터 새벽 두시까지 문을 여는 이자카야다. 구시다 신사 바로 옆에 있어서 찾기에도 아주 좋다. 니은 자 바 테이블이 가득차면 여섯 명 정도가 앉을 수 있다. 메뉴는 단출하면서도 다양하다. 우선 오뎅이 있다. 일본을 돌아다니며 먹은 오뎅 중 나에게는 단연

코 최고의 오뎅이 잔잔히 끓고 있다. 작은 화로에 구워주는 꼬치도 있다. 좋아하는 재료가 가게에 있는지 물어보고 주문하면 사장은 흔쾌히 "아리마스" 하고 구워준다. 가지도 구워서 무쳐주고 오크라도 데쳐서 버무려준다. 닭을 구워 토막내 양념에 볶아주기도 한다. 오징어가 있냐고 물어보면 "아리마셍" 하고 잠시 생각에 잠겼다가 내일 오면 해줄 수 있다고 말한다. 나의 대답은, 모찌롱, 모찌롱데스. 나는 우메슈소다를 다섯 잔쯤 마시고 마지막으로 무얼 먹으면 좋을까 고민하다가 다이콘과 아츠아게를 한 조각씩 더 음미한 뒤에야 겨우 가게를 나선다. 치요짱은 바쁘지 않을 때는 밖으로 나와 배웅을 해준다. 쟈, 마다 아시타!

J와 함께 오지 않았다면 혼자서 우메슈소다를 만취할 때까지 마시고는 바에 엎어져 울어버렸을 것이 분명하다. 그러고는 숙소에 돌아와 변기를 끌어안고 토했을지도.

으.

J는 내가 혼자서 일본에 가는 것을 자신의 일처럼 걱정했었다. 내가 타지에 가서 혼자 있는 게 안심이 되지 않는 모양이었다. 나는 그 마음이 어떤 마음인지 이해하고 있었다.

작년 여름 나에게는 오랫동안 모아둔 약들이 있었다. 하루는 그것을 다 먹으면서 혼자 죽을 수 있을 거라고 생각했다. 실제로 죽을 수 있는 것과는 전혀 다른 양상으로 생각이 흘러가는 것을 막지 못했다. 나는 밥공기에 수북이 담긴 약을 여러 차례 나누어 삼켰다. 그후로 이틀을 내리 잤고 친구들의 신고로 병원에서 깨어났다. 두번째였다. 이제 나는 약을 모으려는 노력 따위 하지 않게 됐다. 그게 얼마나 됐든 약만 먹어서는 죽을 수 없다는 것을 충분히 알게 된 탓이다. 나는 그저 죽는 시늉을 두 번 한 것이나 마찬가지였다.

병원에서 깨어난 뒤 J의 집에서 열흘, M의 집에서 열흘을 지내고 나서야 혼자서 있을 수 있게 되었다. 마침내 집으로 돌아와 혼자가 되었을 때

나는 정말로 나를 죽일 수 없다는 것을 실감했
다. 살면서 가장 겸연쩍은 순간이었다.

삶은 사랑 이전과 이후로 나뉜다. 사랑이 없던
시절로 다시는 돌아가고 싶어하지 않는다. 사랑
없이 살 수 있었던 것을 기적처럼 여긴다. 사랑
없는 상태는 불가능이 된다. 사랑하기 때문에 먹
고 사랑하기 때문에 잠들고 사랑하기 때문에 깨
어난다. 사랑은 그 자체로 신체가 된다. 크게 웃
고 반짝인다. 타인을 사랑하면 타인에 의해 살아
가게 된다. 그것은 중독된 상태와 같다. 시간 안
에서 사랑이 유한하다는 사실에 두려워한다. 그
리고 사랑은 시간보다 먼저 끝이 난다. 남아 있는
시간을 사랑이 다 담지 못한다. 사랑이 끝나고도
시간이 전과 같이 흘러간다는 것은 실로 무서운

일이다. 한 사람이 빠져나간 만큼 시간이 나를 똑바로 쳐다보기 시작한다. 나는 사랑을 마주보는 대신 시간과 오롯이 마주하게 된다. 사랑은 내가 공들여 시간을 살던 방식을 전부 제 것인 양 가져가버린다.

이제 시간은 텅 비어 있다. 나는 그 공허한 눈을 들여다본다. 시간은 내 이름을 부르지 않는다. 시간은 내게 일어나 오늘을 살라고 하지 않는다. 시간은 내게 옆에 누우라고 말하지 않는다. 시간은 내 머리를 쓸어넘기지 않는다. 시간은 내게 말걸지 않는다. 시간은 오로지 보기만 한다. 내가 죽을 때도 시간은 나를 가만히 내려다볼 것이다.

수 년 동안 집에 혼자 있지 않은 것에 안도했 었다. 어쩌면 죽을 때까지 안도하고 싶었던 것 같다. 내가 혼자가 아니라는 사실을 트로피처럼 잘 보이는 곳에 놓아두고 살고 싶었던 것 같다. 하지만 나는 붙잡지 않고 한 사람이 나에게서 멀어지도록 내버려두었다. 시간이 내게 하는 방식으로 그를 떠났다. 그리고 다시 돌아가지 않았다.

날씨가 내러티브가 되는 삶이 그립다. 날씨 속에서라면 하루가 충만하게 흐른다.

꿈에서는 돈이 없어도 산다. 생계를 걱정하지 않는다. 모르는 누군가를 아주 친숙한 사람처럼 애타게 좋아하기도 하고 얼굴을 볼 수 없는 괴한에게 죽기살기로 쫓기기도 한다. 나는 꿈을 꿀 때 그것이 꿈이라는 것을 인지한 적이 없다. 나는 정말로 죽을지도 모른다는 공포에 휩싸였고 칼에 찔렸으며 그것을 막으려고 손바닥을 깊숙이 베었다.

나는 죽으려고 결심하는 사람처럼 돌아다녔
다. 그런데 무엇을 어떻게 결정해야 할지 알지 못
했다. 나는 죽음이 무언지 모른다. 다만 고통스러
운 마음을 멈출 수 있는 수단이라 여겼다. 나는
마음 때문에 사는 게 버거웠다. 매순간 죽음을 생
각했다. 샤워 부스에 가죽 벨트의 버클을 채우고
목을 걸어보았다. 턱 아래로 꽉 조여오는 힘이 느
껴졌다. 나는 몬세라트의 성당에서 내가 나를 죽
이지 않게 해달라고 기도한 것을 떠올렸다. 그것
은 신의 기억이었다.

무슨 일이 생길까? 묻는 것은 살아 있는 데 도
움이 된다.

무슨 일이 생길까?

알 수 없다.

알 수 없음이 조금 더 살아보게 한다.

죽음을 생각하는 자유는 길고 죽기 전까지 유
예되며 지속된다.

차를 한 모금 마시고 그가 물었다. 맛있어? 나
는 향이 좋다며 찻잔을 들어 코끝에 대었다. 우리
가 서로 사랑했을 때 좋았어? 나는 그렇다고 대
답했다. 다시 살 수 없다는 건 슬픈 일이야. 나는
망설이다 덧붙였다. 가끔 그때가 생각나 운다. 어
쩔 수 없다. 증오는 기억나지 않고 사랑은 남는
다. 차가 식고 있다. 우리 다시 시작할까? 아니.
나는 물을 데워 찻주전자에 따른다. 이제 나는 당
신과 섹스하기 싫어. 그는 알고 있다. 그런 지 오
래되었다는 것을. 그러면 하지 않고 살면 되지.
나는 여러 번 애원했었다. 가만히 팔을 베고 잠들
게 해줘. 부탁이야. 그 일로 울면서 밤의 고속도

로를 달린 적이 있다. 새벽의 휴게소에서 의자를 젖히고 잠든 적이 있다. 나는 찻잔에 떠 있는 찻잎의 아주 작은 부스러기를 손가락으로 건져 혀끝에 옮긴다. 담배는 차의 향을 덮지 못한다. 담배의 연기가 찻잔의 피어오르는 연기와 다른 것처럼. 담뱃잎을 펼쳐놓으면 찻잎과 닮아 있기도 해. 우리는 그것을 종이에 말아 불을 붙인다. 담뱃잎을 가득 담은 포대를 어깨에 지고 운반하는 사람들을 본 적이 있다. 그들의 어깨는 다부지고 기울어 있었다. 그때 기억나지? 우리는 커피를 마시러 가던 중이었잖아. 그는 아니라고 한다. 밥을 먹으러 가는 중이었다고 한다. 이제 와 누가 옳은지 우리는 알지 못한다. 차 한잔 더 줄까? 그는 자신이 따르겠다고 한다. 우리는 좋았지. 그만큼 나빴고. 더없이 서툴렀지. 나는 다시 돌아가서 당신을 처음으로 보고 싶다고 말한다. 유진목입니다. 잘 부탁드립니다. 사실 이것도 기억나지 않는다. 통성명을 했던가? 나는 그의 지난 명함을 가지고 있다. 거기에 적힌 이름을 유심히 들여다보았다. 그는 내가 아주 예쁘다고 했다. 정말일까? 나는 예쁠까? 가슴이 두근거렸다. 그런 애긴 들어본 적 없었다. 나는 너무 지쳐 있었고 언제까지 그런 날들이 계속될지 알 수 없어 고단했다. 어쩌다 웃을 때면 미간이 일그러지는 걸 알 수 있었다. 우리가 처음 만났을 때 나는 아무것도 아니었다. 다만 사람으로 살려고 애쓸 때였다. 나는 남들 다 하는 것도 하지 못하고 살았다. 지금도 별반 달라진 것은 없다. 그때는 없던 찻주전자와 찻잎이 있을 뿐이다. 우리는 막차가 끊길 때까지 술을 마시고 새벽에도 문을 여는 프렌차이즈 카페에 가 뜨거운 차를 한잔씩 호호 불어 마셨다. 그러면 정신이 맑아지곤 했다. 그런데 그가 차를 따랐던가? 나는 건너편의 빈 잔을 본다. 사실 그는 없다. 차는 나 혼자 마셨다.

에필로그

죽을 수 있을까?

이 책은 이렇게 시작한다.

재능이란 뭘까?

재능은 내가 가진 것이다. 나는 그것을 가지고
있다. 그래서 불행한 이야기다. 나는 행복을 말하
고 싶지 않다. 나는 행복에 대해 말할 기분을 가
지고 있지 않다. 그런 기분이라면 나는 글을 쓰지
않고 밖으로 나가 걸을 것이다. 집을 오래 비워두
고 돌아오지 않을 것이다. 빈집에 기꺼이 집세를
지불하고 낯선 곳을 돌아다니며 매일 다른 곳에
서 잠들 것이다. 하지만 지금은 그럴 기분이 아니

다. 나는 기꺼이 불행하다. 나는 매일 쓰며 집에 머물기로 결정했다. 재능이란 뭘까 묻는 동안에 나는 내가 불행한 재능을 가졌다는 것을 알게 되었다. 행복한 재능과 불행한 재능이 있다면 나의 재능은 불행하다. 그러나 내가 행복을 마음 다해 바란 적이 없고 행복 또한 찰나에 지나버린다는 것도 알게 되었다. 나는 나와 오래도록 함께하는 불행을 사랑하기로 결정했다. 이 책은 이렇게 끝난다.

후기

쓰기에서 죽기까지

재능이란 뭘까?

ⓒ 유진목

초판 1쇄 인쇄 2025년 3월 26일
초판 1쇄 발행 2025년 4월 5일

지은이 유진목
펴낸이 김민정
책임편집 유성원
편집 권현승 정가현
디자인 퍼머넌트 잉크
저작권 박지영 형소진 오서영
마케팅 정민호 박치우 한민아 이민경 박진희
　　　 황승현 김경언
브랜딩 함유지 박민재 이송이 김희숙 박다솔
　　　 조다현 김하연 이준희
제작 강신은 김동욱 이순호
제작처 한영문화사

펴낸곳 (주)난다
출판등록 2016년 8월 25일
제406-2016-000108호
주소 10881 경기도 파주시 회동길 210
전자우편 nandatoogo@gmail.com
페이스북 @nandaisart
인스타그램 @nandaisart
문의전화 031-955-8865(편집)
　　　　 031-955-2689(마케팅)
　　　　 031-955-8855(팩스)

ISBN 979-11-94171-34-8　03810

ㄴㄴ〉〈ㄷㄴ